SHANGHAI HUASHAN ART ACADEMY

华山美校

1980——2006

SHANGHAI HUASHAN ART ACADEMY

SHANGHAI HUASHAN ART ACADEMY

HUASHAN ART ACADEMY

—— 上海华山美校校长张建平 ——

一个专业的美术品牌；
一所专业的美术学校；
一群专业的美术学生；
一批专业的美术作品；
一本专业的美术集子；
为了这些……
华山美校300多位老师们，为之奋斗了26年。
所有学生的勤奋；
所有老师的辛苦；
所有家长的支持；
所有社会的关注；
最后，多汇集在这里，
用各种色调诉说这些年的艺术情感，
用各种手法积累下26年的文化思考。
华山美校还年轻，但是我们拥有了构成传统的基石，
那就是这本普普通通又扎扎实实的画册。
里面300多件生动的作品传达着一个共同的表情：感谢！
华山美校还年轻，年轻当然不是我们唯一的骄傲，
艺术追求永无止境的话语只有一种：前进！

校长寄语

目录　TABLE OF CONTENT

素描篇

装潢二年级：戎雯佳　　指导老师：陶惠平

装潢二年级：朱　明　　指导老师：陶惠平

1	2
3	4

1 普美二年级：陈黎君　　2 上师联二年级：李梦菲

3 装潢二年级：戎雯佳　　4 装 潢二年级：姚 律

指导老师：陶惠平

叶亢宁

室内一年级： 1 石晓峰 2 徐宏君 3 王　寅
4 朱　明 5 张唯卿
指导老师：陶惠平　叶　宁　胡　捷

1	2
3	4

1 室内二年级：徐承阳　　2 装潢一年级：鲁　怡

3 装潢三年级：王元介　　4 装潢三年级：袁　隆

指导老师：邰　铭　叶亢宁　陈珏林　朱开荣

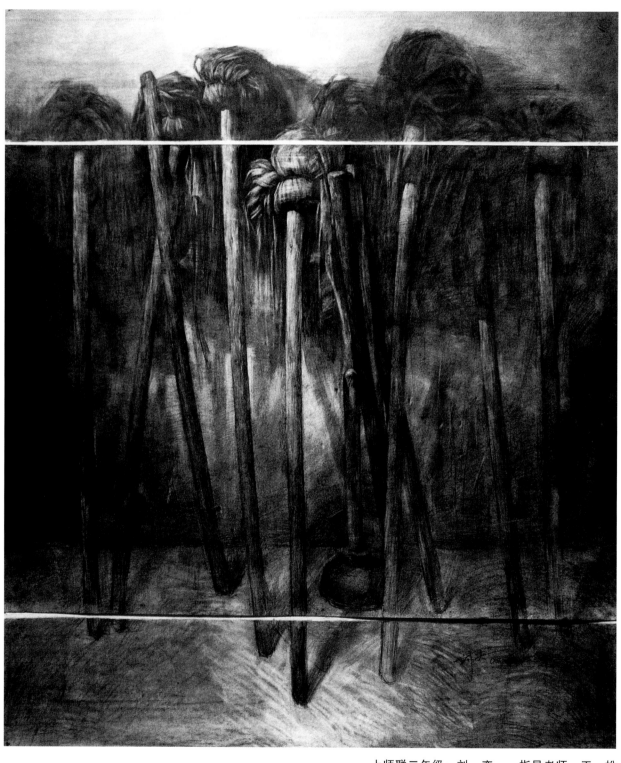

上师联二年级：刘 奕　　指导老师：王 松

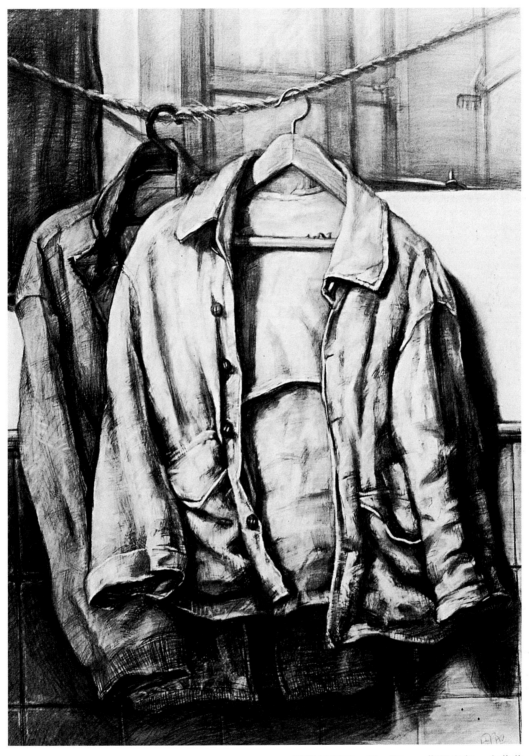

装潢三年级：周　阳　　指导老师：金莉莉

装潢三年级：吴燕平　　指导老师：任立卓

装潢四年级：许　琳　　指导老师：王　松

上师联二年级：金伟超　　指导老师：张　磊

1　装潢三年级：钱娜佳　2 电脑三年级：周凌海　　指导老师：张藏伟

1
2

装潢三年级：黄海东
指导老师：金莉莉

装潢三年级：徐承阳　　指导老师：金莉莉

装潢三年级：王元玠　　指导老师：邰　铭

装潢三年级：杨璐佳　　　指导老师：金莉莉

装潢一年级：徐承阳　　指导老师：杨丽莎

电脑二年级：曹旌泽　指导老师：陶惠平

动画一年级：顾　莹　　指导老师：裴东麟

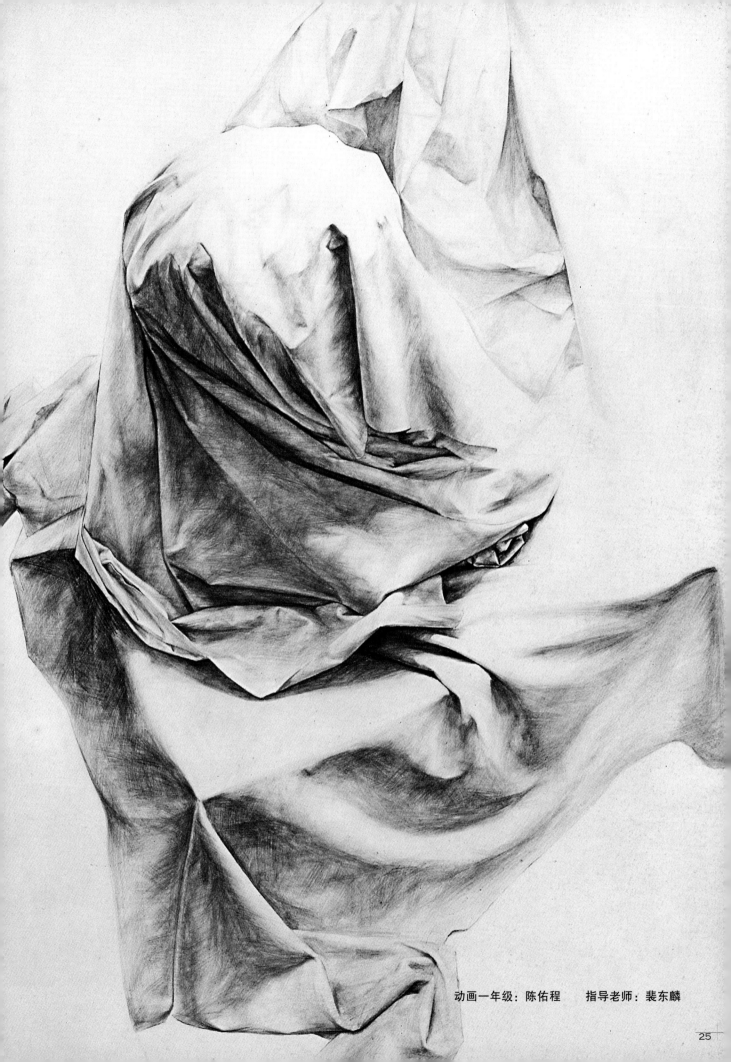

动画一年级：陈佑程　　指导老师：裴东麟

普美二年级：张云尧　　指导老师：钱叶青

装潢二年级：管 俊　　指导老师：朱开荣

1 装潢一年级：朱冰虹　　2 室内一年级：石晓峰　　指导老师：叶亢宁

1
2

1 装潢三年级：葛幼捷　　2 装潢三年级：郭　佳

3 装潢三年级：徐静雯　　4 装潢三年级：张亨伟

指导老师：张双华

室内二年级：张 寅 指导老师：陶惠平

电脑三年级：刘　婧　　指导老师：陶惠平

电脑二年级：张天昊　　指导老师：张双华

装潢三年级：程建茹　　指导老师：张双华

装潢二年级：姚　律　　指导老师：陶惠平

装潢三年级：张有为　　指导老师：张藏伟

装潢四年级：郭宗元　　指导老师：陶惠平

普美二年级：王晓艳　　指导老师：邰　铭

室内四年级：严丹麦　　指导老师：陶惠平

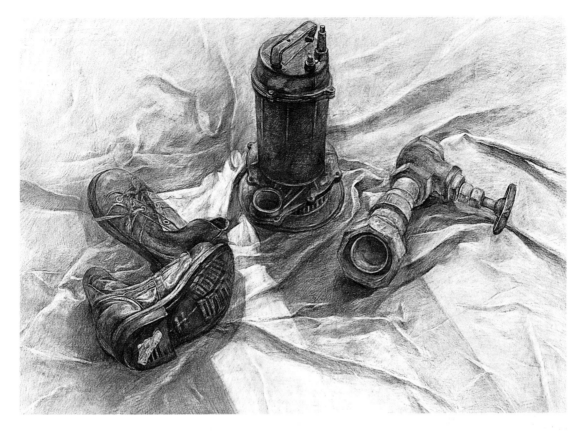

1　　　　1 普美一年级：孙芯云　　2 装潢二年级：戎雯佳
2　　　　　　　　　指导老师：张双华　陶惠平

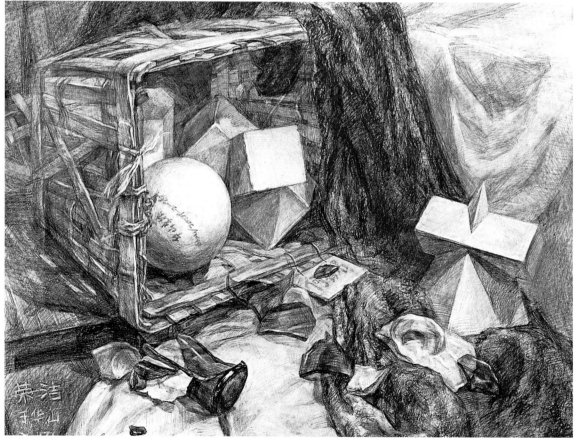

1　1 普美二年级：李世捷　　2 广告二年级：荣　洁
2　　　　　　　　　　　　　　　指导老师：吴云飞

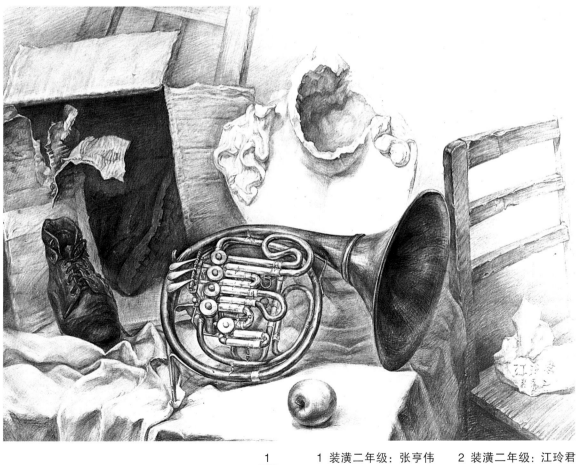

1 装潢二年级：张亨伟   2 装潢二年级：江玲君

指导老师：张双华

装潢四年级：姚国栋　　指导老师：陶惠平

装潢四年级：计珑巍　　指导老师：陶惠平

装潢二年级：谢澍淇　　指导老师：张双华

装潢四年级：计珑巍　　指导老师：张双华

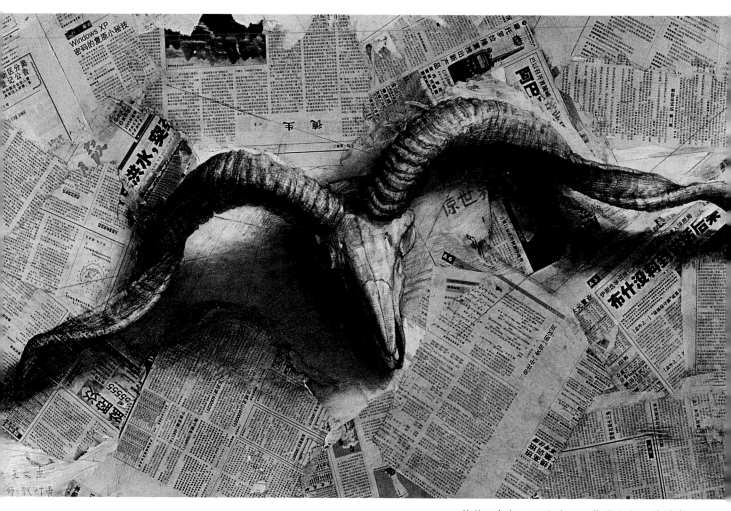

普美二年级：王文杰　　指导老师：钱叶青

装潢四年级：谭宏亮　　指导老师：陶慧平

电脑三年级：宣智昂　　指导老师：张双华

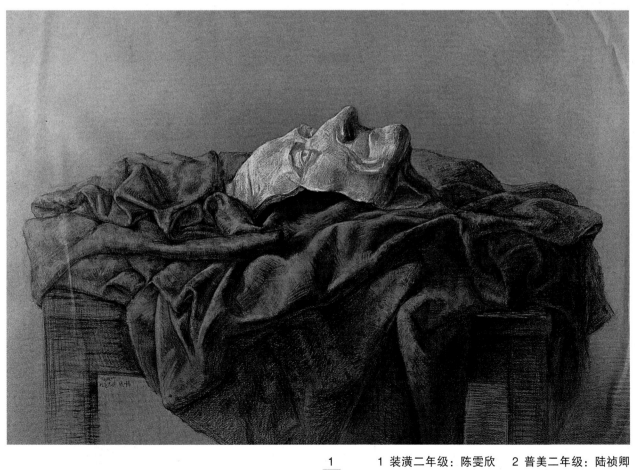

1 装潢二年级：陈雯欣　2 普美二年级：陆祯卿

指导老师：徐一轩　钱叶青

1

2

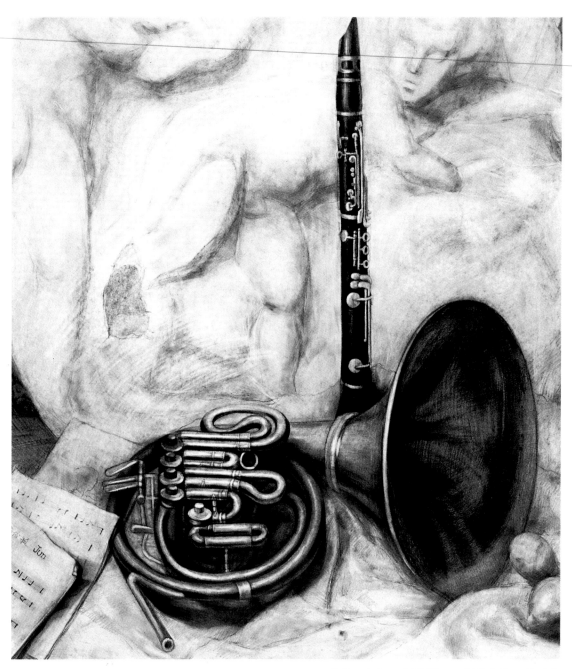

装潢二年级：杨俊颖　　指导老师：钱叶青

装潢四年级：吴　斌　　指导老师：张双华

装潢二年级：杨俊颖　　指导老师：钱叶青

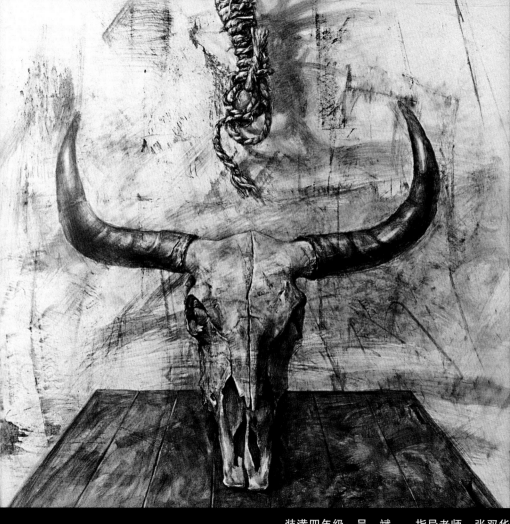

装潢四年级：吴　斌　　指导老师：张双华

装潢一年级：缪佶栋　　指导老师：陶惠平

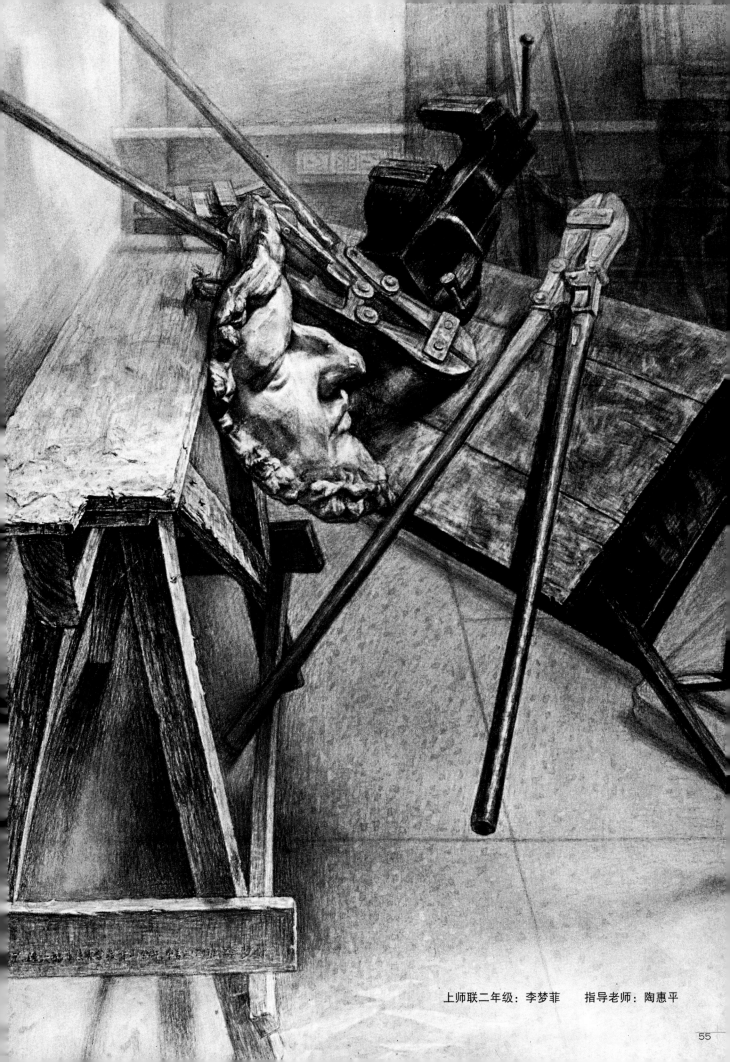

上师联二年级：李梦菲　　指导老师：陶惠平

电脑二年级：甘雪君　　指导老师：陶惠平

装潢四年级：张倍佶　　指导老师：金莉莉

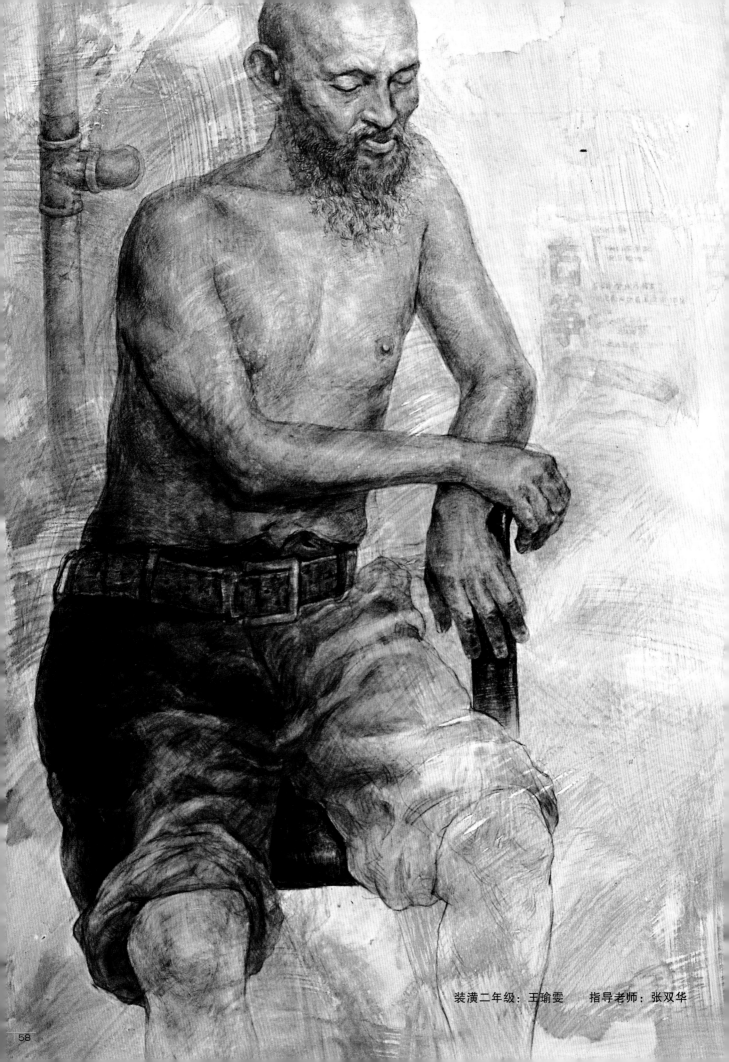

装潢二年级：王瑜雯　　指导老师：张双华

广告二年级：周小琪　　指导老师：张双华

装潢一年级：张辰翔　　指导老师：金莉莉

装潢四年级：徐承阳　　指导老师：陶惠平

装潢三年级：顾逸文　　指导老师：张藏伟

电脑二年级：桂文婷　　指导老师：吴云飞

普美二年级：马超然　　指导老师：张双华

电脑二年级：潘晓俊　　指导老师：陶惠平

室内一年级：徐宏俊　　　指导老师：陶惠平

动画二年级：吕琛杰　　指导老师：金莉莉

装潢一年级：张倍佶　　指导老师：金莉莉

装潢二年级：张妮华　　指导老师：金莉莉

普美三年级：潘晨鸣　　指导老师：金莉莉

装潢三年级：江玲君　　指导老师：张双华

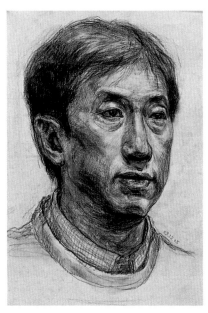

学生肖像习作　　指导老师：陶惠平　叶亢宁　金莉莉

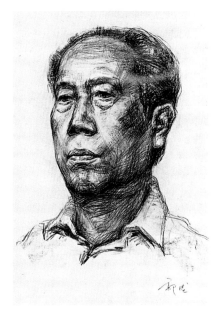

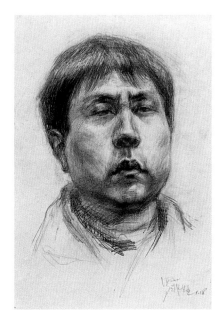

学生肖像习作　　指导老师：陶惠平　叶亢宁　金莉莉

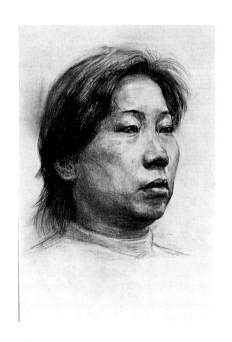

学生肖像习作　　指导老师：陶惠平　叶亢宁　金莉莉

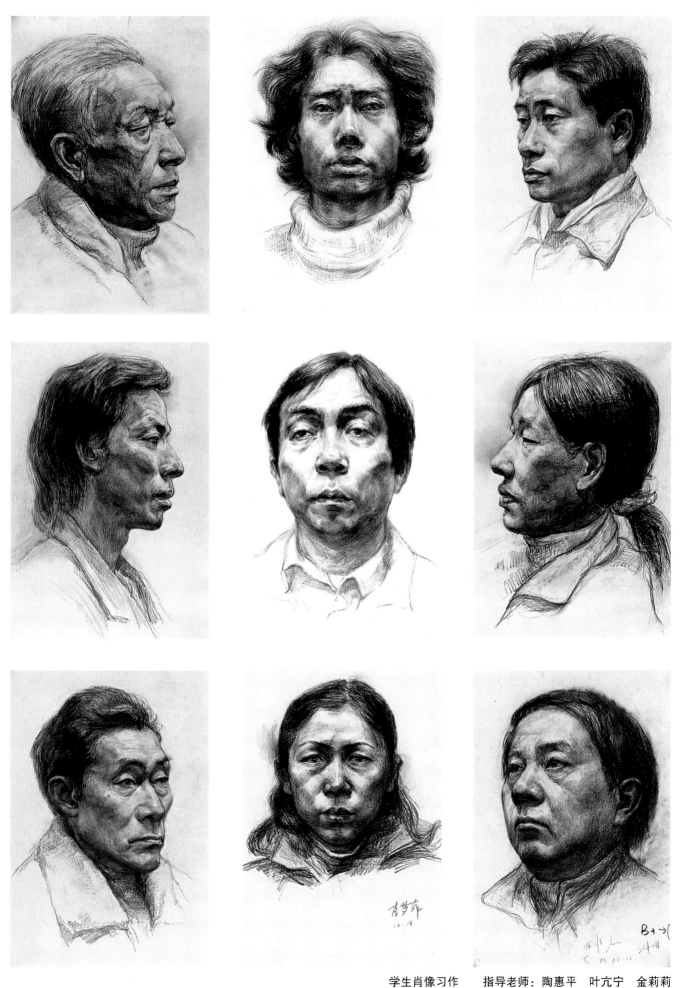

学生肖像习作　　指导老师：陶惠平　叶亢宁　金莉莉

装潢一年级：杨璐佳　　指导老师：金莉莉

普美二年级：陈美玲　　指导老师：杨丽莎

广告三年级：冯敏亦　　指导老师：殷　峻

装潢二年级：张乐华　　指导老师：邰　铭

装潢二年级：张乐华　　指导老师：邰　铭

装潢二年级：顾 韵 指导老师：杨丽莎

装潢四年级：徐 捷　指导老师：杨丽莎

作者：佚　名　　指导老师：许轶美

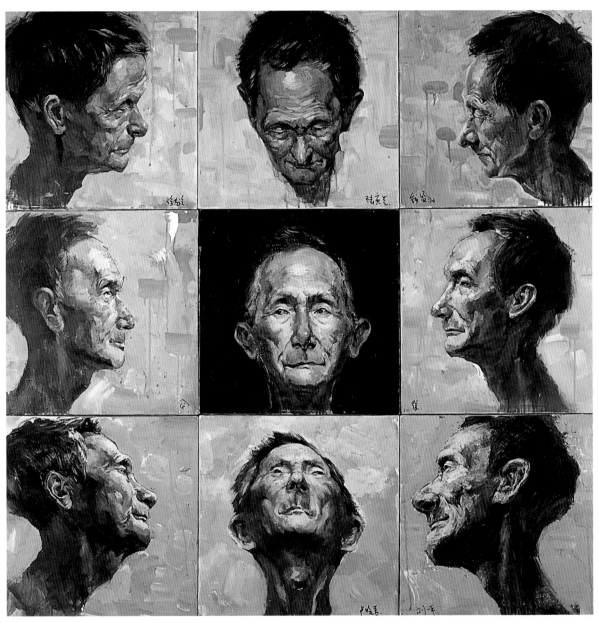

作者： 刘一平　陆寅艺　钱盈羽　卢小春　徐艺泠
指导老师：李雪源

电脑二年级：周凌海　　指导老师：邰　铭

1   1 普美三年级：叶沁露   2 电脑二年级：朱丽娜
2   指导老师：陶惠平

1　室内三年级：顾逸文　　2　室内二年级：张玫娟

指导老师：朱开荣　吴云飞

动画三年级：胡家翔　　指导老师：殷　峻

普美三年级：徐翙人　　指导老师：殷　峻

装潢三年级：王思楠   指导老师：殷　峻

装潢三年级：房鑫源　　指导老师：殷　峻

装潢二年级：朱　晔　　指导老师：金莉莉

普美二年级：陈韬齐　　指导老师：吴云飞

装潢二年级：周　伦　　指导老师：殷　峻

电脑二年级：蒋　婕　　指导老师：陶惠平

装潢二年级：唐一飞　　指导老师：俞倪琦

装潢二年级：胡辰英　　指导老师：俞倪琦

装潢二年级：楼小燕　　指导老师：邰　铭

广告三年级：高佳伟　　指导老师：殷　峻

上师联二年级：李梦菲　　　指导老师：陶惠平

装潢三年级：郭　佳　　指导老师：张双华

装潢三年级：王思楠　　指导老师：徐轶美

装潢三年级：朱　晔　　指导老师：殷　峻

装潢四年级：毛元翎　　指导老师：陶惠平

装潢三年级：计珑巍　　指导老师：陈　虹

装潢三年级：杨　晨　　指导老师：金莉莉

装潢三年级：张乐华　　指导老师：朱开荣

装潢三年级：葛幼捷　　指导老师：张双华

普美三年级：朱辰晨　　指导老师：张双华

电脑三年级：周凌海　　指导老师：殷　峻

装潢三年级：舒　怡　　　指导老师：吴云飞

装潢四年级：杨璐佳　　指导老师：陶惠平

动画四年级：丁嘉伟　　指导老师：殷　峻

电脑四年级：王　鑫　　指导老师：陶惠平

动画二年级：黄　雯　　指导老师：陶惠平

电脑二年级：张佳琰　　指导老师：陶惠平

2005 7.12 遠犬学业 动画二年级 王婷

动画二年级：王　婷　　指导老师：陶惠平

作者：潘婷婷　　指导老师：胡　捷

普美二年级：陈佩丽　指导老师：张　磊

普美二年级：鲍剑辉　　指导老师：张　磊

吴靖玨

普美二年级：吴靖玨　　指导老师：张　磊

1
2

1装潢三年级：朱嘉恩　2装潢二年级：张旭峰

指导老师：张　磊

普美二年级：韩 吉　　指导老师：张　磊

普美二年级：滕梅君　　指导老师：张　磊

普美二年级：顾贝妮　　指导老师：张　磊

装潢三年级：俞　婧　　指导老师：殷　峻

装潢三年级：陆永磊　　指导老师：殷　峻

装潢三年级：陈中元　　指导老师：朱开荣

电脑二年级：丁丽莎　　指导老师：邰　铭

学生静物习作　　指导老师：陶惠平　金莉莉

学生静物习作　　指导老师：陶惠平　叶亢宁　金莉莉

学生风景习作　　指导老师：陶惠平　叶亢宁　吴云飞

学生静物习作　　指导老师：陶惠平　叶亢宁　吴云飞

学生风景习作

指导老师：叶亢宁　朱开荣　陈征宇　殷俊　王松　陶惠平

学生风景习作　　指导老师：董文良

1 装潢三年级：俞　婧　　2 室内二年级：江立成

指导老师：殷　峻

1

2

装潢三年级：吴　佳　　指导老师：沈自清

1

2

1 装潢三年级：王仲夏　　2 装潢三年级：张　斌

指导老师：殷　峻

1 广告三年级：冯敏亦　　2 装潢三年级：卢　韵

指导老师：殷　峻

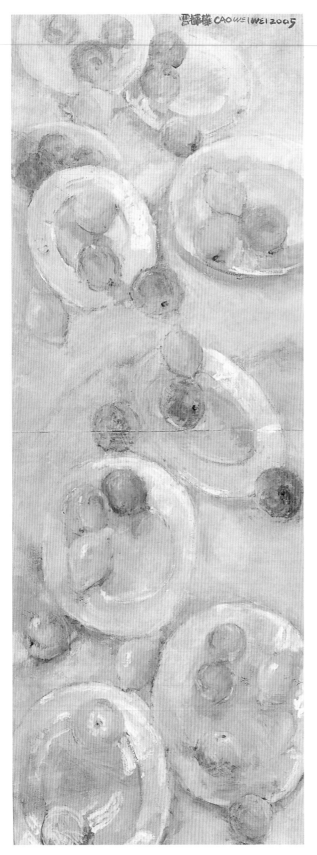

1
2

1电脑二年级：曹炜炜　　2电脑二年级：姜玥婷

指导老师：殷　峻

动画四年级：胡家翔　　指导老师：殷　峻

作者：佚 名　　指导老师：钱叶青

装潢二年级：方 青　　指导老师：沈自清

设 计 篇

装潢三年级：王亚萍　　指导老师：陆　珺

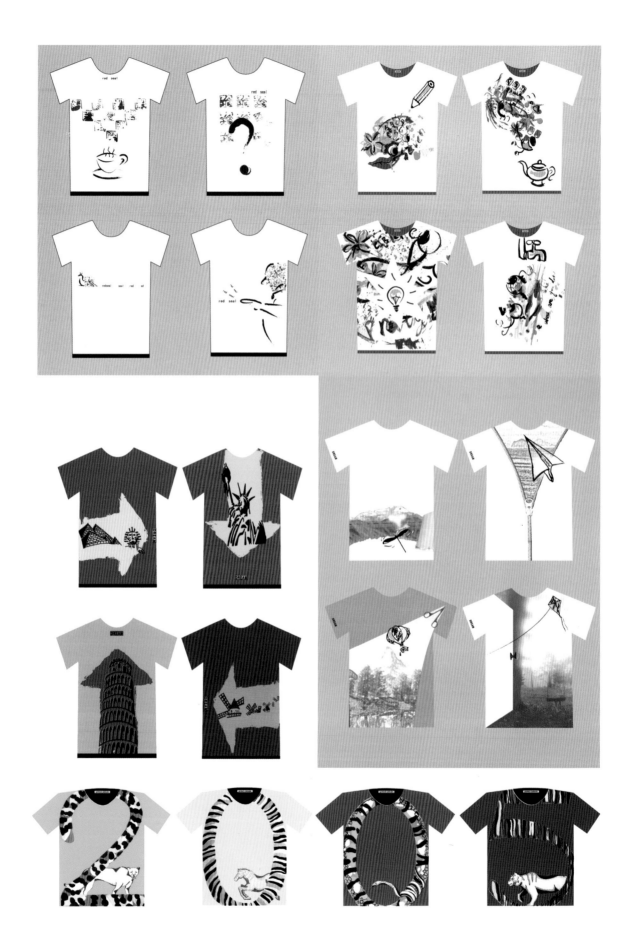

装潢三年级：陈丽雯　　李梦菲　　邵　月

指导老师：韩文宇

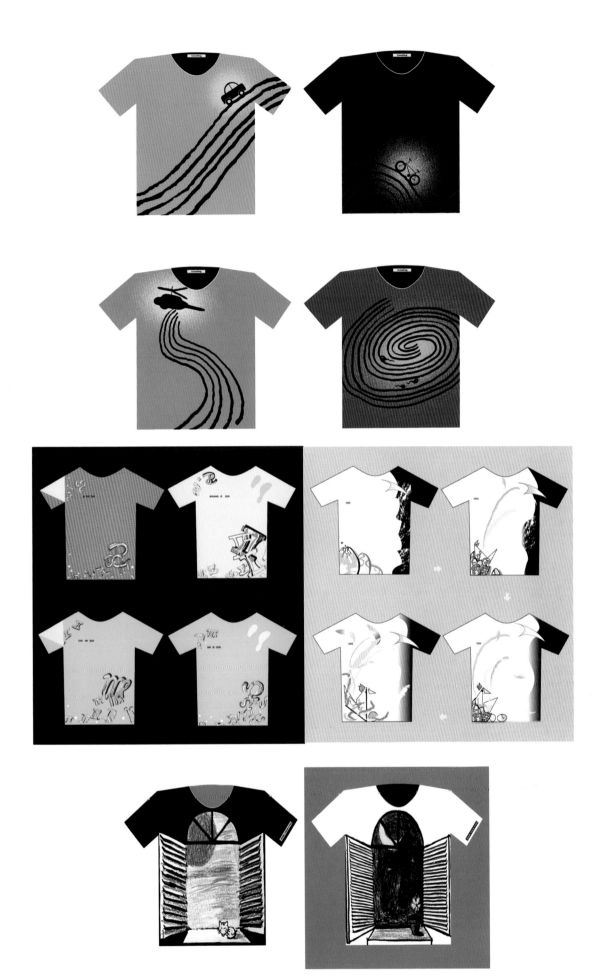

装潢三年级：陈丽雯　李梦菲　邵　月

指导老师：韩文宇

Issued by the State Postal Bureau

装潢二年级：李偲通　袁静雯　徐一鸣　周妮娜（合作）

指导老师：俞倪琦

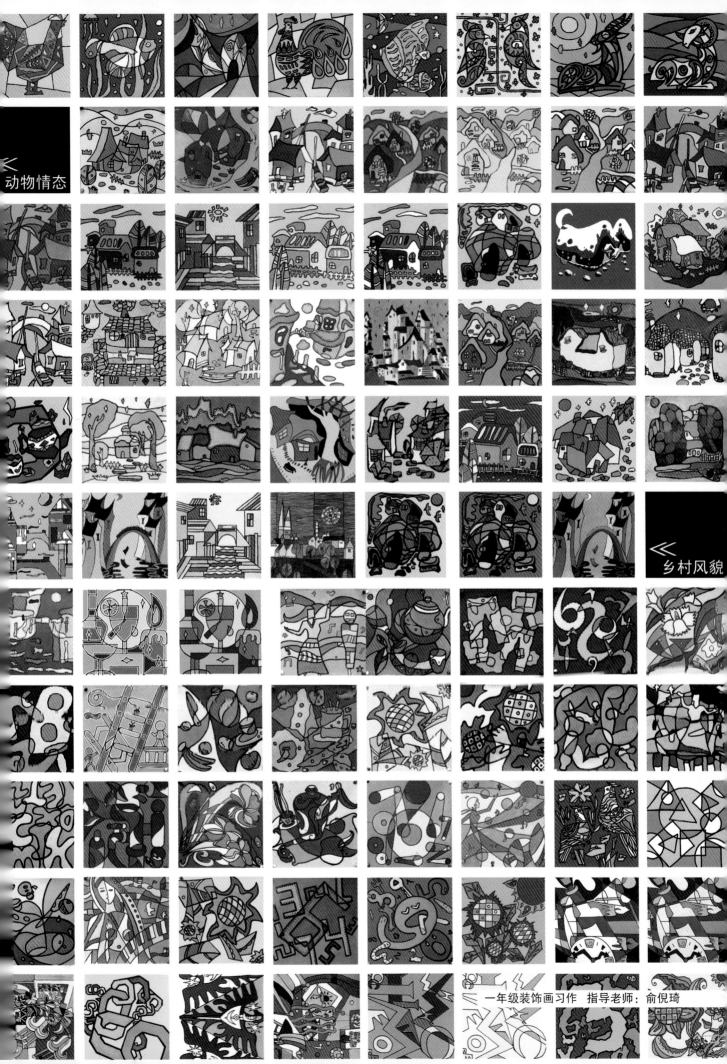

动物情态

乡村风貌

一年级装饰画习作　指导老师：俞倪琦

学生封套设计　　指导老师：唐启良

装潢三年级：周歆渊　　指导老师：王从巨

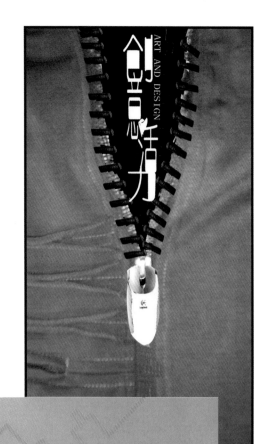

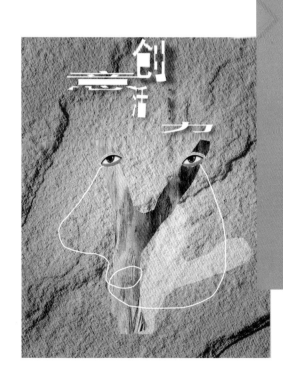

1、2、3 装潢三年级：肖秋懿　　4 装潢三年级：甘纳是

指导老师：王从巨

1	2
	3
4	

装潢三年级：金　戈　　指导老师：王从巨

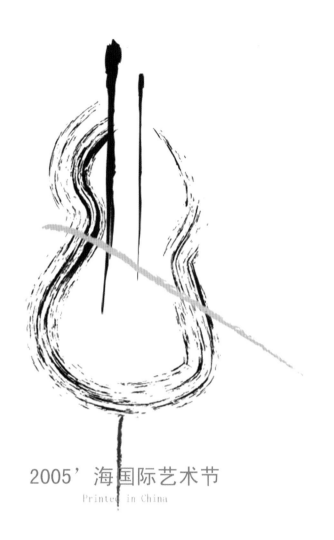

2005' 海国际艺术节

Printed in China

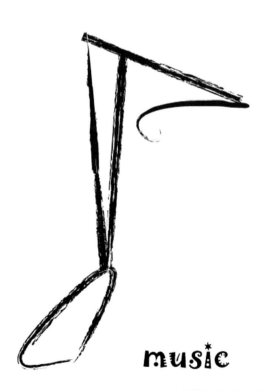

music

1　　　1上师联二年级：王　斐　　2上师联三年级：李智杰
2　　　　　　　　　　　　　　　指导老师：陈志强

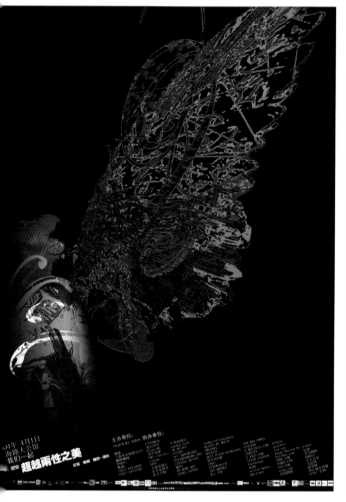
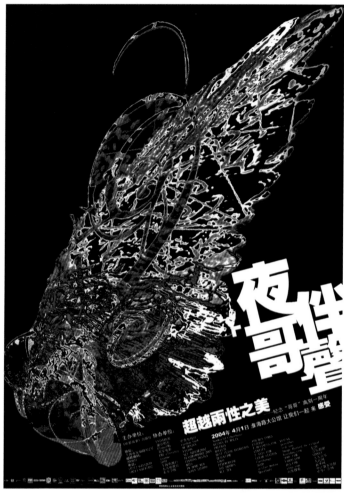

普美三年级：陆 赛 钱 辰（合作）

指导老师：俞倪琦

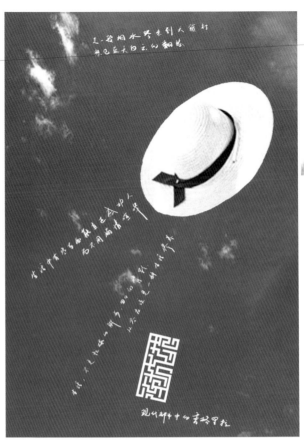

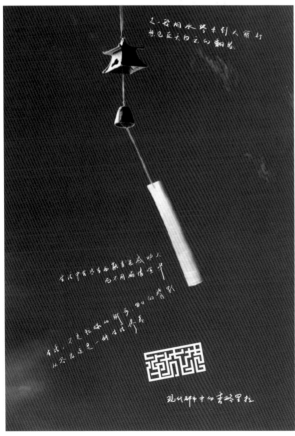

普美二年级：张费雅　杨　熹　（合作）

指导老师：俞倪琦

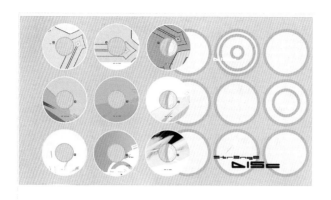

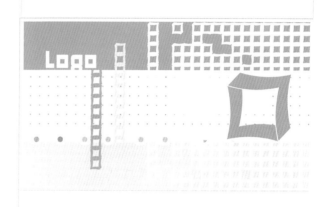

装潢二年级：万艳雯　　指导老师:俞倪琦

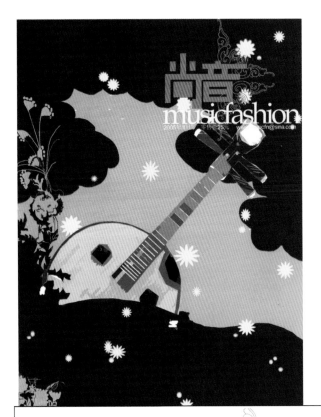

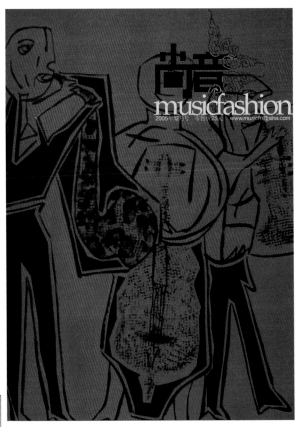

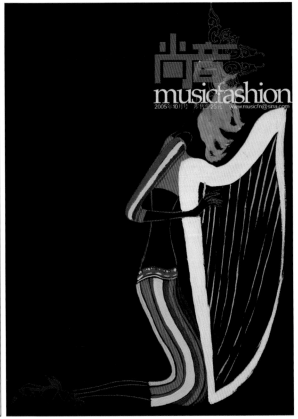

1	2
3	4

1 装潢二年级：周亦唯　　2 装潢二年级：赵　琦

3 装潢二年级：顾　问　　4 邓佳睿

指导老师：毛玉怡

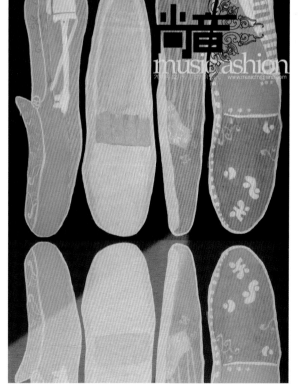

1	2
3	4

1 装潢三年级：肖秋懿　　2 装潢三年级：周亦唯

3 装潢二年级：赵　琦　　4 装潢二年级：徐晓露

指导老师：毛玉怡

REAL IMAGINARY

1 装潢三年级:唐振伟　2 装潢四年级：孙　洁

指导老师：许彦杰

1

2

室内三年级：叶誉清　　指导老师:许彦杰

1　室内二年级：张纹娟　　2　室内二年级：杜家思
指导老师：许彦杰

1
2

1 室内二年级：徐艺泠　　2 室内二年级：杜家思

指导老师：许彦杰

1

2

装潢三年级：徐卫青　　　指导老师：许彦杰

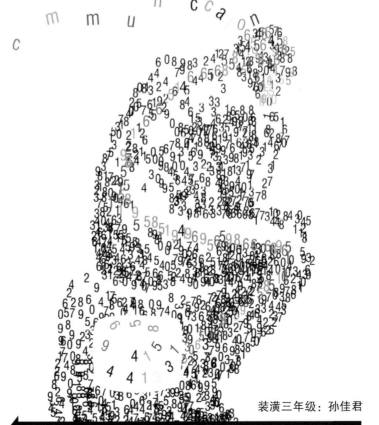

装潢三年级：孙佳君　　指导老师：孙燕平

装潢三年级：赵今今　　　指导老师：陶明江

装潢三年级：祝宇飞　　指导老师：陶明江

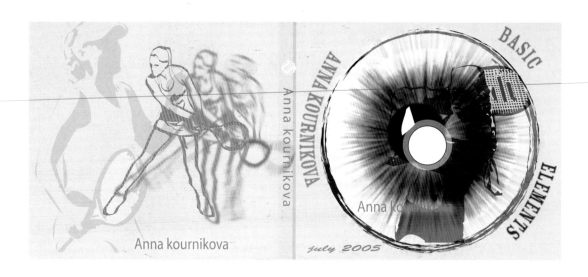

装潢三年级：金晔龙　　指导老师：陶明江

装潢三年级：姚开凯
指导老师：陶明江

作者：佚　名　　指导老师：唐启良

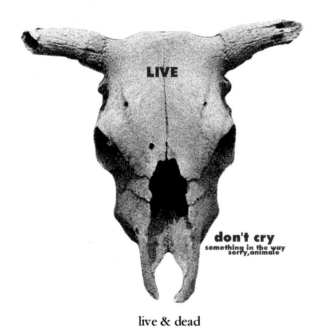

摄影篇

(右图)装潢三年级：方 芳　　指导老师：庞婷

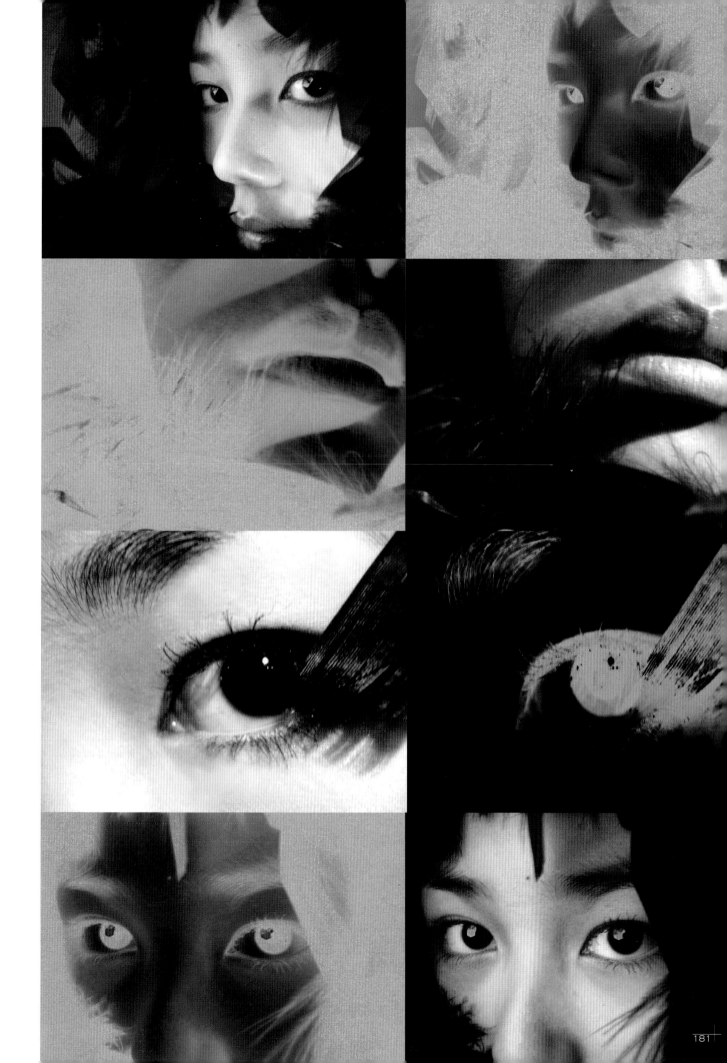

装潢二年级：孙沛立　　指导老师：庞晓婷

装潢二年级：孙沛立
指导老师：庞晓婷

动画三年级：夏凤凤　　指导老师：庞晓婷

装潢三年级：黄婷婷　　指导老师：庞晓婷

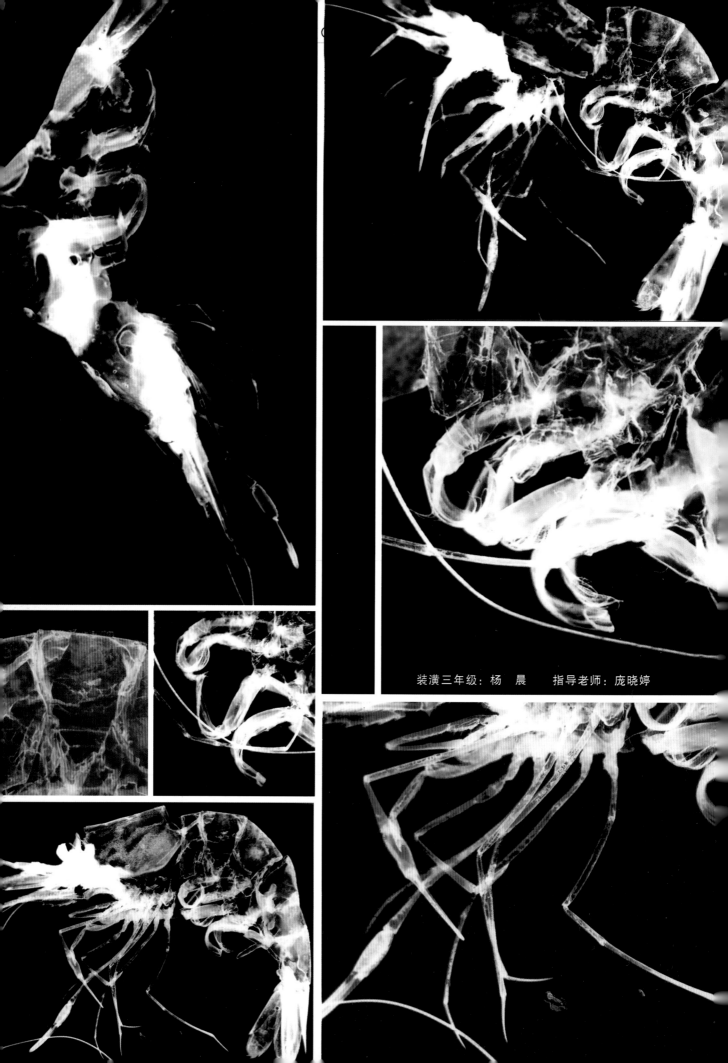

装潢三年级：杨 晨 指导老师：庞晓婷

装潢三年级：杨小通　　指导老师：庞晓婷

装潢三年级：张圣逸　　指导老师：庞晓婷

作者：佚 名　　指导老师：杨泽森

作者：佚　名　　指导老师：杨泽森

作者：佚 名　　指导老师：杨泽森

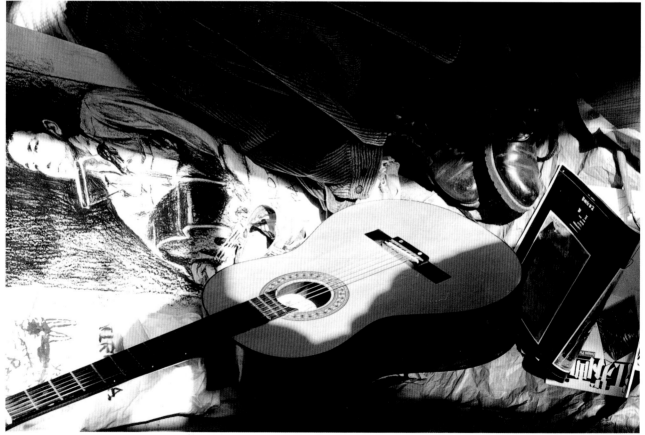

作者：佚　名　　指导老师：杨泽森

作者：佚　名　　指导老师：杨泽森

SHANGHAI HUASHAN ART SCHOOL

图书在版编目（CIP）数据

上海华山美校校藏作品集／上海市华山美术学校
编 . —上海：上海人民美术出版社，2006

ISBN 7-5322-4761-9

Ⅰ. 上... Ⅱ. 上... Ⅲ. 美术 - 作品综合集 - 中国
- 现代 Ⅳ. J121

中国版本图书馆 CIP 数据核字（2006）第 024944 号

上海华山美校校藏作品集

编　　者：上海市华山美术学校
责任编辑：林伟光
装帧设计：俞倪琦
制　　作：上海阿波罗文化艺术公司
出版发行：上海人民美術出版社
地　　址：长乐路 672 弄 33 号
印　　刷：上海复旦四维印刷有限公司
开　　本：889×1194 1/16　印　张：12
版　　次：2006 年 4 月第 1 版　2006 年 4 月第 1 次印刷
印　　数：0001－3500
书　　号：ISBN7-5322-4761-9/J.4248
定　　价：79.00 元